Götz Lang

Die Kunst
den Mann zu verstehen

Der Mann – das unbekannte Wesen

Copyright: © 2018: Götz Lang
Satz: Erik Kinting – www.buchlektorat.net
Umschlag: Erik Kinting

Verlag und Druck:
tredition GmbH
Halenreie 40-44
22359 Hamburg

978-3-7469-3904-9 (Paperback)
978-3-7469-3905-6 (Hardcover)
978-3-7469-3906-3 (e-Book)

Bibliografische Information der Deutschen Nationalbibliothek:
Die Deutsche Nationalbibliothek verzeichnet diese Publikation in der Deutschen Nationalbibliografie; detaillierte bibliografische Daten sind im Internet über http://dnb.d-nb.de abrufbar.

Meine Damen,

jede zweite bis dritte Ehe wird geschieden. Das ist nicht schön, aber leider die Wahrheit. Männer und Frauen passen nicht zusammen – oder doch?
Was sind die Ursachen?
Ich behaupte: Es sind Missverständnisse. Man müsste mehr zusammen sprechen. Männer und Frauen leben in verschiedenen Welten, aber man kann sie zusammenführen.
Daher meine Damen, finden sie in diesem Ratgeber für Frauen Anleitungen und Erklärungen über die Welt und die Denkweise der Männer.
Ironisch, humorvoll, ernst. Ein Paket für Sie, meine Damen. Ich wünsche mir sehr, dass sie es aufschnüren.

Ihr

Götz Lang

Männer sind in ihrem tiefsten Inneren verklemmt und versuchen, das nach außen zu kaschieren. Außerdem hassen sie Kondome. – Und sie sprechen das Wort *Liebe* aus den unterschiedlichsten Gründen aus.

Das Wort *Liebe* wird gebraucht oder auch missbraucht. Dieses Wort prägt die Verbindung zwischen Mann und Frau, die Beziehung zu den Eltern und zu den Kindern. Es gibt die Liebe zwischen Freunden, man nennt es auch *Liebe bei Mensch und Tier*, und es gibt die Liebe in Form einer Gemeinschaft zum Beispiel in der Kirche. – Überall setzt man dieses Wort ein und doch hat es jeweils eine andere Bedeutung.

Aber: Ist es Liebe oder eine Lüge? Belügt sich der Mensch selbst, wenn er von *Liebe* bezüglich bestimmter Personen spricht? Kann man das Wort *Liebe* überhaupt erklären? Tausend Fragen ergeben tausend verschiedene Antworten.

Liebe wird mit Leidenschaft in Bezug gesetzt, mit Erotik, Sex und auch mit dem Gefühl, alles haben zu wollen.

Doch Liebe bedeutet im wirklichen Sinne ein Herauslösen des eigenen Ichs, des Selbst – erst darin lebt der Mensch wirklich. In extremen Notsituationen entwickelt man ungeahnte Kräfte, aber auch Ängste (das ist kein Widerspruch). Man erkennt in der Gefahr, unter Hunger und Leid erst sein wirkliches Gefühl zum Partner. Erst hier zeigt sich, dass Liebe nichts mit Befriedigung und Lust zu tun hat.

Wenn sich Männer nur nicht so schwertun würden beim Thema *Liebe* ...

Lassen Sie uns gemeinsam versuchen, das Thema *Liebe* locker, aber nicht ohne Ernst, aufzuarbeiten.

Auf ewig

Beginnen wir am besten mit dem Liebesschwur *Auf ewig dein*: In den meisten Fällen beginnt so der Eintritt ins Paradies. Er kennt jetzt ihre Einzimmerwohnung und beschwert sich, dass das Bett zu kurz ist und die Wände zu dünn.

Ärger im Paradies

In unzähligen Zeitschriften, Zeitungen und Büchern beschäftigt man sich mit dem Thema *Mann und Frau*. Es gibt sogar wissenschaftliche Studien, die sich mit den Problemen befassen. Früher war die

Frau das Objekt der Untersuchungen, heute sind es die Männer. Leistungsdruck und Stress machen die Männer *liebesmüde*. Sie wollen nicht mehr, sie können nicht mehr. Immer mehr Männer haben Probleme mit der Potenz. Der Gedanke, dass der *kleine Freund* womöglich nicht genügt, ist bedrückend. – Männer und Sex ein unerschöpfliches Thema. Trotzdem starren Sie weiterhin den anderen Frauen hinterher, zuerst auf den Busen und dann auf die Beine. Männer warten schon seit Anbeginn der Menschheit auf die Erfindung einer Brille, mit der man Frauen nackt sehen kann, ohne dass die Frauen es mitbekommen. Dem Erfinder würden die Männer zu Füssen liegen, aber leider bleibt dies weiterhin ein Traum.

Und so leiden die Männer und beim Sex inzwischen wirklich überfordert, denn Frauen stellen mittlerweile Ansprüche und sagen, was sie wollen. Das überfordert Männer, erschreckt sie. Ihnen vergeht die Lust, überall sehen sie nur noch Schreckgespenster: Begriffe wie *Impotenz, Lustlosigkeit, Erektionsproblem, nur 12,5 cm* und andere Grässlichkeiten sorgen dafür, dass sie sich noch abgeschlaffter fühlen.

Euronorm für Männer?

Wollen wir eine nicht ganz erst gemeinte Theorie spinnen? Das Wort *Europa* weist in die Zukunft. Man schreckt vor nichts zurück, selbst die Größe des Kondoms wird mit einer Euronorm abgesegnet. Männer warten in großer Sorge auf eine ergänzende Euronorm des erzwungenen Beischlafs, denn das würden voraussichtlich höchstens 20 Prozent schaffen.

Was interessiert die Männer heute?

Mit dem Motorrad durch den Wilden Westen knattern, Bodybuilding, Joggen, Schönheitschirurgie, Pornos – die aber nicht ganz so gerne, wegen all der nackten Kerle, deren Gehänge man dabei zu sehen bekommt; man kann da ja gar nicht anders, als neidisch zu werden – oder über verliebte Männer lachen und der Satz: *»Endlich habe ich meine Ruhe.«*

Lustobjekt

Früher war das Objekt der Lust und der Begierde die Frau. Heute stellt Mann fest, dass die Frauen das Heft in die Hand nehmen – auch im Bett: »Du springst jetzt von dem Schrank, Liebling!« So ein

Satz führt bei Männern zu totalem Versagen. Einige Männer suchen bereits Schutz in Wohnheimen oder Trost bei der Kirche. Hier finden Sie Anteilnahme: »Siehst du, Bruder, jetzt weißt du, warum der Papst das Zölibat nicht abschafft.« Die schlimmen Worte der Frauen treiben Männer einfach zur Verzweiflung.

Durchschaut

Männer werden jetzt durchleuchtet, und müssen feststellen, dass dies auch sehr unangenehm sein kann. Die Männerangst *Impotenz* wird immer offener zur Sprache gebracht. Viele Männer haben jetzt ein Lächeln im Gesicht, andere einen roten Kopf, wenn der Postbote kommt: »Guten Tag, ich habe hier eine Nachnahme von der *Günstige Potenzpillen GmbH*. Das macht dann …«

Jetzt oder nie – diesen Satz kann man von Männern inzwischen wieder oft hören, die Männlichkeit lässt sich unter Inkaufnahme geringfügiger gesundheitlicher Risiken wieder herstellen und so schreitet er bereits entschlossen zur Tat, wenn seine Frau eigentlich noch beim Vorspiel ist, da kann es dann mal ganz schnell gehen und die geplante Liebesnacht endet nicht selten mit Streit, wenn er unerwartet früh alle für ihn relevanten Punkte abgehakt hat und die Sache für ihn erledigt ist. Seine Fantasien, seine Lust sind dahin. Er schaut auf die Uhr und stellt erfreut fest, dass er die Sportschau doch nicht verpasst, während seine Frau enttäuscht und frustriert eine Illustrierte liest – mit dem Gedanken im Kopf:»Na warte, mein Lieber.«

Die Alternative

Es gibt auch noch eine andere Möglichkeit für Männer, ihren Leistungsdruck zu verringern – mit einem einzigen Satz:»Seit du in den Wechseljahren bist, merke ich wieder, wie sehr ich dich liebe. Lass dir ruhig noch Zeit.« Dabei sollte er lächeln.

»Warum?«, sollte sie ihn fragen.

Arbeit mit Ferkeln

Schon in der Jugend musste Mann alles perfekt machen. Gerade weil Männer mit ihren Gefühlen Probleme haben, ist auch der Sex in einer gewissen Weise Arbeit: Es darf keine Enttäuschung geben. Daher kommt sie, die Angst des Mannes vor dem Versagen.

Ein wirklicher Mann strengt sich auch beim Sex an. Manche versuchen mit aller Macht Leidenschaft und Wildheit zu demonstrieren und sagen oft auch ganz schlimme Dinge: »Komm schon, du altes Ferkel.« Auf der Straße würde so was sofort Ärger geben, aber auch zu Hause ist Vorsicht geboten, auf jeden Fall bei zu dünnen Wänden. Man möchte im Treppenhaus nicht gefragt werden: »Seit wann haben Sie denn ein Ferkel in der Wohnung? Weiß das der Hauswirt?«

Geheimtipp

Zugehört, meine Damen: Männer erwarten, dass man Sie lobt, wenn sie ihre Manneskraft zeigen. Hier sind Männer sehr empfindlich und als Frau kann man da Pluspunkte sammeln. Lob schmeichelt der männlichen Seele. Da kann Mann dann schon mal großzügig werden, zum Beispiel wenn man Dinge sagt wie: »Hast du aber einen tollen Körper«, oder noch besser: »Oh! Mein! Gott! Ist der echt?« Das schlägt ein wie eine Bombe und egal wie unglaubwürdig es auch klingen mag, darauf kommt garantiert ein: »Meinst du wirklich, Liebling?« Und ergänzend oft noch: »Hast du Lust, am Samstag mit mir shoppen zu gehen? Ich nehme auch Geld mit …«

Sehen Sie, meine Damen? Dieser Hinweis ist doch Gold wert, oder? Aber nicht dem werten Gatten verraten, das betrachtet der nämlich schnell mal als

Verrat an seine Männlichkeit und wäre dann richtig sauer. – Das wollen Sie doch nicht.

Die andere Wirklichkeit.
Er wohnt im dritten Stock, ist seit 30 Jahren verheiratet und die einzige Neuerung in seinem Schlafzimmer – auf Bitten seiner Frau natürlich – ist ein Spiegel an der Decke. Das bereite mehr Lust, meint seine Frau dazu. Das sieht er jedoch anders. Abgesehen von der Angst, wegen handwerklichen Versagens seinerseits womöglich irgendwann von dem Spiegel erschlagen zu werden, weiß er doch, dass sein einst so schöner Hintern jetzt Falten hat, die sie die ganze Zeit im Spiegel wabbeln sieht, und das führt nicht so recht zu einer Luststeigerung.
Meine Damen: Nicht immer haben Frauen recht. Bedenken Sie bitte auch, was er im Spiegel zu sehen bekommt, sollte er mal unten liegen.

Druckerzeugnisse
Männer kommen allerdings unter dem Druck verschiedener Frauenmagazine zu dem Schluss, dass Sex eigentlich überbewertet wird. Doch Männer werden mit sehr offenen auch sexistischen Darstellungen überflutet. Jeden Tag das gleiche Essen führt zur Appetitlosigkeit, meine Damen. Etwas

mehr Stoff hat auch seine Reize. – Sollte man sich merken.

Stress

Anmerkungen eines gestressten Mannes: »Ich muss mich anstrengen bei meiner Frau und in fünf Minuten ist dann alles vorbei.«

Das kann auch zu Schweigen in einer Beziehung führen. Die Frau hat keine Ahnung und die Frage »Schatz, du bist in letzter Zeit immer so müde, was ist los?« könnte der Mann zwar beantworten, aber er schweigt lieber, denn er kann als Mann ja keine Schwäche zeigen.

Nachwuchsmacho

Männer neigen gerade in jungen Jahren zu einer gewissen Übertreibung, daher ist auch hier schon oft das Wort *Macho* angebracht, wenn er lässig auf eine Frau zukommt: »Na, heute schon was erlebt?«

Vorsicht, meine Damen. Das ist der Versuch, einen Quickie zwischen Tür und Angel oder zwischen Pizza und Disco unterzubringen. Da spricht die reine Leidenschaft, sozusagen die Regungen in der Hose. Sein Verstand hat sich zurückgezogen und er kommt angerauscht, wie eine Rakete – aber leider,

leider: Ihm fehlt noch das Know-how und er fummelt liebestötend herum.

Sie wollen ihn abwehren? Vielleicht so: »Hau ab, deine Mama wartet. Dein Kakao wird kalt.« Das wird ihn kränken und vertreiben – das Blut kehrt ja auch zurück in den Kopfbereich, zwecks roter Birne. Der Abend hat sich für ihn erledigt, Sie aber können sich für diesen Treffer ein Glas Sekt bestellen. Ich gönne es Ihnen.

Aber bitte beachten: Der Arme wird das vermutlich seinen Lebtag nicht vergessen.

Theorie und Praxis

Es stimmt, AIDS ist ein ernstes Thema, aber es gibt ja Kondome die schützen. Doch der Unterschied zwischen Theorie und Praxis ist groß. Hier wurden Männer, glaube ich, vergessen. Welche Qualen da lauern! Einmal aufgerollt – und dann noch befeuchtet –, schon kann man die Tüte wegwerfen. Noch schlimmer und für Männer geradezu ein seelischer Schock, kann die Tüte auch mal zu groß sein. Man hätte Männer fragen sollen – vor der Herstellung!

Nach neuesten Untersuchen hat der Mann ca.13,2 Zentimeter in der Hose. Ob das stimmt? Fragen Sie lieber mal ihren Mann. Aber bitte ganz vorsichtig.

Und jetzt, meine Damen, machen Sie keinen Fehler in dieser Nacht: Die Tüte passt nicht; er versucht sich vergeblich zu entschuldigen mit dem schönen Satz:»Mausi, immer wenn ich zu viel Alkohol trinke, wird er kleiner.« Dann kommt die Scham:»Mausi, ich glaube, ich bekomme Kopfweh. Ich kaufe morgen neue Tüten.« Trösten Sie ihn dann mit dem liebevollen Satz:»Schatz, ich habe auch schon falsche Sachen gekauft, das macht doch nichts.« Geben Sie Ihm einen zärtlichen Kuss und er schläft als nicht enttäuschter Mann ein. – So schön kann Liebe sein.

So sollten Frauen auftreten. Selbstbewusst, lachen, selbst Mutter werden, aber den Vater nicht heiraten. Männer kann das nerven. Missmutig treten sie die Flucht nach vorne an. *Hier komme ich!* – Auch und gerade bei 65-Jährigen: die dritten Zähne halten nur dank des neuen Haftpulvers und die Finger sind noch ganz verschmiert vom Verteilen des Gels im schütteren Haar.

Lachnummer
Er steht zum ersten Mal auf Rollerblades, die Knieschützer reichen bis an die Schuhe, die kurzen Hosen fallen im Schritt nach innen statt nach außen. Die Kinder rufen auf der Straße:»Hier kommt ein Zombie« und Frauen fallen sich lachend in die Ar-

me und kreischen: »Lass uns was trinken, mir fällt die Spirale aus der Hose.« – Man kann Frauen verstehen, wenn sie die Nase voll haben. So verlieren Männer an Ansehen bei den Frauen. Das muss nicht sein, oder?

Frauenversteher

Und eigentlich noch schlimmer: Männer glauben, sie kennen die Frauen, aber eigentlich haben sie nicht viel Ahnung. Beweis? Es war mal in einer stürmischen Nacht. Er war erregt, ja stürmisch und fast grob: »Helga, wie ich dich liebe« (was Mann halt so sagt, wenn er was will). Aber die Frau war sauer: »Helmut, statt immer so zu stöhnen, solltest du lieber meinen G-Punkt suchen, du Esel.«

Das sollten sich Männer wirklich merken. Lassen Sie sich den G Punkt von einem Arzt erklären, bevor Sie dummes Zeug bei ihren Freunden reden, sonst bekommen Sie eine Antwort von Hans und Franz: »Ich kenne das hohe C, aber den G-Punkt habe ich in der Oper noch nie gehört.«

Auch das sind kluge Gespräche unter Männer. Man sollte aber nicht lachen: Alles kann Mann auch nicht wissen und außerdem haben Männer auch andere Interessen, zum Beispiel, ob Bayern-München wieder deutscher Meister wird.

Sind Frauen Sex-Objekte?

Auf Automessen gibt's die neuesten Modelle – rassig, schnell –, diese werden dann dekoriert mit jungen schönen Frauen, aufreizend angezogen. Muss man Autos so anbieten? Es gibt doch genug andere Anreize für Männer, sich für solche Autos zu interessieren.

Beachten Sie dazu einschlägige Magazine – aber selbst in Filmen oder im Fernsehen sieht man oft Frauen in sexistischen Darstellungen.

Man könnte dies fragwürdig nennen. Warum muss man Frauen barbusig zeigen? Wie wäre es stattdessen, wenn man Männer hier mehr einbeziehen würde? Laut einer Untersuchung haben Männer ein stärkeres Schamgefühl als Frauen – beim Strippen zeigen Männer zum Beispiel einen schönen Körper, einen straffen Hintern, aber das *gute Stück* wird immer noch schamvoll versteckt. Stimmt die Untersuchung? Frauen sollten dieses Thema mal ansprechen. Das gibt sicherlich Diskussionen, hilft aber in Beziehungen, darf vermutet werden. Durch die genannten offen gezeigten Reize hat er das Wort *Sex* immer im Kopf. Daher, meine Damen, prüfen Sie immer seine Liebesschwüre.

Männer verwechseln oft Liebe mit Sex

Mann kann das anscheinend trennen, denn warum gehen Männer in den Puff, obwohl sie eine Frau haben, die sie lieben? Vielleicht wegen solcher Sätze? »Schatz, ich muss dir was sagen. Ich liebe dich sehr, nur jede Woche Sex, das möchte ich nicht. Und perverse Sachen will ich auch nicht. Ich möchte mit dir kuscheln, verstehst du das?« Oder: »Schatzi, brauchst du immer Sex, wenn du mich liebst?« Die Antwort lautet üblicherweise: »Nein. Du weißt, ich liebe dich auch so.« – Meine Damen, glauben Sie das? Es liegt in der Natur des Mannes, bei solch persönlichen Fragen nicht immer die Wahrheit zu sagen, vor allem, wenn es zu seinem Vorteil ist. Männer werden dies natürlich nicht zugeben. Aber so kann eine Beziehung auch harmonisch sein.

Altersfrage

Betrachten wir mal die verschiedenen Altersstufen der Männer. Nehmen wir die Altersstufe 20–25 Jahre. Hier wird das Wort *Liebe* oftmals schlicht missbraucht. Sagt Mann das Wort Liebe zur Freundin, erhöht das erst mal einfach nur die Chance, mit ihr ins Bett hüpfen zu können – das kann aber auch schiefgehen.

Beispiel: Susi war von ihrem Freund Stefan sehr enttäuscht, denn auf ihre zärtliche Frage »Liebst du mich auch wirklich?« hat er ihre Hand genommen, sie auf seinen Hosenschlitz gelegt und erwidert: »Na, merkst du schon, wie ich dich liebe?« Susi hat die Verbindung abgebrochen, aber der neue Freund war auch nicht besser und so kann Susi eigentlich nur noch lesbisch werden.

Gerade in dieser Altersstufe werden Männer oft ziemlich animalisch. Ein bisschen Macho, ein bisschen Softie, ein bisschen Muttersöhnchen und ein bisschen Triebtäter. Das Gehirn sitzt in der Hose. Manche verwechseln dann auch noch Liebe mit Technik – *Mann* kennt sich ja aus mit Frauen, aber das Gegenteil ist dann oft der Fall, denn *er* verliert die Beherrschung, wenn die Hose prall und der Kopf leer ist. Er stammelt dann vor Erregung und verwechselt sogar den Namen seiner Freundin. – das geht schnell mal ins Auge, denn Frauen können da sehr empfindlich reagieren.

Feuchtgebiete

Meine Damen, kennen Sie den Satz *Tränen lügen nicht*? Tränen sind ein Geheimtipp unter Männern. Zieht die Masche *starker Typ* nicht, greift man gerne auch zum *Weinerling*. Sätze wie »Schatz, darf

19

ich mich an dich kuscheln? Ich friere so«, gehen ihm problemlos über die Lippen. Dabei läuft dann noch eine Träne über seine Wange und das weibliche Wesen ist gerührt und versucht, ihn zu trösten. Alles ein Spiel, meine Damen. Mann kann lernen, auf Befehl zu weinen.

Aber kann eine Frau unterscheiden, ob es Tränen der Rührung oder Verzweiflung sind oder Tränen der Freude (das klappt ja schon wieder), verbunden mit der Vorfreude auf eine schöne Nacht?

Rachebengel

Manche Männer sind unverschämt. Wenn Sie nicht zu ihrem Ziel kommen, sind Sie beleidigt und sinnen auf Rache. Sie erzählen ihren Freunden oder per Internet gleich der ganzen Welt: »Die Ute kann man voll vergessen. Sie hält sich für schön und geil und wollte schon zweimal mit mir ins Bett, aber nix da – so nicht!«

Das sollten sich Frauen nicht gefallen lassen.

Bestes Alter

Nehmen wir die Altersstufe 30–45 Jahre Hier gibt es endlose Geschichten. Da ist Mann verheiratet, hat möglicherweise Kinder, einen gewissen beruflichen Erfolg und denkt über die Zukunft nach, sucht erstmals gewisse Sicherheiten fürs Alter.

Man kennt die Versprechungen der Bausparkasse. Ein Blick auf den Gehaltszettel lässt einen die Beziehung zu den dortigen Angeboten jedoch gleich beenden. Die Erhöhung der Miete steht vor der Tür und was der Dinge mehr sind – so viele Sorgen. Das Auto muss auch noch abbezahlt werden und so macht er Überstunden. Der Blick in den Spiegel zeigt die ersten grauen Haare und in vielen Fällen braucht man auch keinen Kamm mehr. Das alles und der Job stressen. Er spricht aber nicht viel mit seiner Frau darüber, denn in diesem Alter sind auch die Beziehungskisten eingefahren. Seine Frau fragt ihn dreimal die Woche: »Schatz, liebst du mich noch?« Und er sagt ohne nachzudenken: »Sicher, wen soll ich denn sonst lieben«, und spielt dabei mit seinem Computer.

Die Angst geht um und Frust entsteht.

Reize

Meine Damen, wussten Sie, dass zum Beispiel 89 % der Männer die Klobrille unten lassen? Das dürfte eigentlich von Interesse sein, ist aber nicht zu ändern. Oder: 24 % der Männer wollen beim Liebesspiel die Socken anlassen. Kaum zu glauben.

Wie kann da schon große Lust bei den Frauen entstehen?

Verliert der Anziehungspunkt seinen Reiz, lässt das Interesse nach und aus den früheren heißen Nächten werden schleichend Rückenbeschwerden verbunden mit dem Satz: »Elfriede, ab nächster Woche schlafen wir getrennt. Ich brauche mehr Platz.« Statt Leidenschaft gibt es jetzt Fürsorge um seine Gesundheit.

Angst

Die Kunst den Mann zu verstehen bedeutet auch, dass Sie Folgendes wissen müssen: Männer haben Angst vor einer aktiven und starken Frau, Angst vor dem Versagen, Angst ein schlechter Liebhaber zu sein, Angst, dass der *kleine Freund* zu klein ist und Angst, dass die *Pistole* schon leer geschossen ist.

Vorspiel

Zum Thema Vorspiel ist anzumerken, dass Männer eigentlich nur etwa zwei Minuten für das Vorgeplänkel brauchen.

Männer lieben mit den Augen: Ein erotischer Mund, ein großer Busen, ein schweigender Blick über das Tor zum Paradies und *er* möchte keine Minute versäumen. Hier braucht er keine Aufforderung. Sätze wie:»Geliebter, nimm mich in deine starke Arme« stören hier eher, sind für ihn nur Zeitverschwendung, denn er hat Angst, dass sein *kleiner Freund* wieder in sich zusammenfällt. Hier sind Männer quasi im Krieg und machen immer *Attacke*.

Ich empfehle Frauen, diesen Schlachtruf lieber nicht zu gebrauchen, denn die Enttäuschung könnte groß sein. Und: Nicht den Mann zu stark bedrängen, denn das führt möglicherweise zu unerwünschten Reaktionen, wie zum Beispiel dem mit schwacher Stimme vorgetragenen Satz: »Ich habe es gewusst, jetzt will *er* nicht mehr.« Dabei hat er dann (ausnahmsweise mal echte) Tränen in den Augen. Eigentlich schade um den schönen Abend.

Frauen haben anscheinend die Gabe, dieses Vorspiel mit allerlei Tricks auf satte acht Minuten zu verlängern. Da lauern aber Stolperfallen. Mit Zwischenfragen wie »Schatz, wann mähst du den Rasen?« erreicht man schnell eine Verlängerung um 24 Stunden mit 23,9-stündiger Pause dazwischen. Das ist allgemein nicht hilfreich für eine gute Beziehung.

Eitelkeit

Hier ein Thema, das eigentlich nur für Frauen ist. Nein, im Grunde betrifft es auch Männer: Männer sind eitel, aber sie geben es nicht zu. Sie geben nicht zu, dass sie vor dem Spiegel Grimassen schneiden und ihr Gesicht verziehen zur Straffung der Gesichtshaut. Andere schütten sich ein Tönungsmittel für die Haare in eine andere, unauffälligere Flasche, denn die Frau soll es nicht wissen. Und zusätzlich noch eine Babycreme für das Gesicht, denn was gut ist für den Popo des Babys ist auch gut für Männerhaut. – Eine naheliegende Annahme.

Meine Damen, wenn Sie davon wissen, sprechen Sie ihn nicht darauf an, sondern loben sie einfach nur sein jugendliches Aussehen, dann springt vielleicht sogar ein schöner Abend in einem gehoben Restaurant heraus.

Gute und schlechte Tage

Keiner wird es zugeben, aber es stimmt: Es gibt Männer, die kommen morgens strahlend, mit guter Laune und zufrieden zur Arbeit – und das an einem Montag! Woran kann das liegen? An einem Wochenende im Paradies: am Sonntag fiel das Essen aus, das Bett wurde kaum verlassen und er hat hinterher den Pizzadienst bestellt.

Andere Männer sind missgelaunt, nörgeln und treten gegen unschuldige Gegenstände. Der Grund ist ganz einfach: Der liebevolle Satz »Sei mir nicht böse, aber ich habe meine Tage bekommen« hat das Wochenende versaut. Warum kommt die Periode nicht am Montag?

Sicher, man kann Männer nicht alle in eine Schublade stecken – außer in einem Punkt, und das, meine Damen, muss offen und provokativ ausgesprochen werden.: Nur ein befriedigter Mann ist ein zufriedener Mann Dies sollten Sie sich merken. Ein Satz zum Nachdenken, denn er erklärt viel über das Verhalten eines Mannes.

Mehr oder weniger

Fast 60 % aller Männer wünschen sich eine schmale Frau mit einem großen Busen. Über 50 % möchten eine Frau, die ihnen maximal bis zur Schulter reicht. Und: Fast alle Männer hassen das Wort *Hausmann*, insbesondere in der Altersklasse zwischen 30 und 45.

Beispiel: Die Frau ist Abteilungsleiterin und er gibt dem Baby zu Hause die Flasche. Dieser Rollentausch ist eine Art Unterwerfung des Mannes. Der Mann wechselt die benutzten Windeln, aber wohin damit? Wenn Frau dann abends sagt »Schatz, es stinkt!«. kann das an der herumliegenden Windel liegen, die er schlicht vergessen hat. Kann vorkommen, kann aber auch die Beziehung belasten.

Die Frau hat rot lackierte Fingernägel und feine Dessous, er dagegen hat drei Pflaster an der rechten Hand. Wieso? Er ist beim Raspeln für den Möhrensalat ist er abgerutscht und mault: »Mir reicht es jetzt. Du kaufst morgen eine computergesteuerte Raspelmaschine.« Glauben Sie, meine Damen, dass hier Freude aufkommt? Fehlende Möhrenraspelgeräte belastet eine Beziehung mitunter unerwartet stark.

Wild Thing

Wenn ihr Mann im Bett ganz wild ist, glauben Sie dann, das liegt an Ihnen, werte Damen? Irrtum. Er denkt mit Sicherheit an andere Frauen, sagen wir an eine junge, 18 Jahre alt, noch unschuldig. Er schließt die Augen und zieht sie in Gedanken aus – und wird ganz wild. Wehe wenn er dann das Pech hat Sätze wie diesen zu hören: »Bei deinem Mundgeruch vergeht mir die Lust! Lass mich los!«

Rollentausch

Männer haben auch Angst im Job. Der neue Chef ist womöglich eine Frau. Das ist für viele noch

Neuland und nervt. Früher sagte er zu seiner Sekretärin: »Na, eine kleine horizontale Besprechung gefällig?« Jetzt bricht ihm beim Gedanken an Besprechungen der Angstschweiß aus, denn sie könnte ja sagen: »Na, Herr Schneider, warum ist Ihre Hose so prall? Klemmt der Schlüsselbund?« Das will sich nun wirklich kein Mann anhören müssen.

Heiße Thesen

Braucht man den Mann zum Anlehnen? Ab einem gewissen Alter ist das schwierig, da hat er schon Rheuma und einen Bandscheibenvorfall.

Zum Ausweinen? Er ist mit den Jahren so sensibel geworden, dass er beim Anblick von tiefgefrorenen Hähnchen flüstert: »Was hat man euch angetan?«

Zum Spaß haben? Das ist in der heutigen stressigen Zeit besonders schwierig, denn persönliche Probleme beschäftigen ihn, die er mit seiner Frau schlecht besprechen kann. Er fragt lieber seinen Freund: »Hast du auch schon Probleme beim Wasserlassen?«

Lichtblicke

Nehmen wir jetzt die Altersstufe ab 45 Jahre. Hier können Frauen verzweifeln oder befreit lachen, denn es kommt die Zeit der Narrenfreiheit, die Zeit nach der Suche der vergangenen Jahre. Die Männer dieses Alters versuchen, sich in den alten Smoking zu zwängen, die Jacke könnte noch gehen, wenn auch nur offen. Aber die Hose! Meist ist der Stoff schon mürbe und reißt. Dann, und erst dann, wird die alte Klamotte weggeworfen und notgedrungen ein größeres Exemplar angeschafft.

Es kann auch passieren, dass er einen Spiegel an die Wand wirft, weil er glaubt, er hätte schon Altersflecke im Gesicht gesehen. »Gerda, wie findest du meine Haut? Noch frisch, oder?« Was soll man als Frau da sagen? *Es wäre besser, du hörst mit dem Rauchen auf?* Keine schöne Antwort für ihn. Es kann sein, dass er Sie dann nicht mehr fragt. Wäre aber auch nicht so schlimm.

Jedoch, meine Damen, lachen Sie ihn nicht aus! Und auf keinen Fall dieses schrille Lachen.

Lachhaft

Ja, Frauen lachen anders.

Männer lachen lauthals, manche brüllen. Frauen haben eher diese vornehme Art nach innen zu lachen. Das ist übrigens sehr hinterhältig.

Männer erzählen zum Beispiel einen derben Witz und glauben, dass die Frauen darüber erfreut sind.

Die denken aber heimlich: »Wieder typisch Mann, echt doof.«

Das zweite Glied

Irgendwann kommt das Alter, in dem Männer glauben, sie könnten die Jugend zurückholen. Ein großer Irrtum. Sie vergessen, dass gerade die Jugend die Bühne betritt. Ihre Zeit ist gekommen und die Männer müssen erkennen, dass sie ins zweite Glied rücken müssen. Dagegen wehren Sie sich mit allen Mitteln. Aber wenn man beim abendlichen Auftritt mit der Band vom Sänger zu hören bekommt: »Horst, heute musst du singen. Ich habe meine Zähne im Hotel vergessen«, dann weiß Mann, dass die Zeit nicht stillsteht, oder?

Andere stören sich jetzt an ihrer Glatze und probieren es mit Perücken. Dass Frau da manchmal sagt »So gehe ich mit dir nicht mehr vor die Tür« können sie oft nicht verstehen. – neben der rosaroten Liebesbrille gibt es nämlich auch die Perückenbrille.

Männer und ihre Fantasien

Die 40 weit hinter sich, sagenhafte 1,65 groß mit männlichen 90 Kilo, muss er sich jetzt wenigstens einen anderen Traum erfüllen, wenn schon nicht den vom alternden Atlas: Ein Sportwagen muss her! Kein Problem. Doch beim Probefahren kann es – je nach Modell – schon mal Probleme mit dem Lenkrad geben ... Mann passt nicht mehr automatisch hinter jedes, denn manche lassen sich einfach nicht verstellen. Das kann schnell peinlich werden, wenn man gesagt bekommt, statt dem knackigen Roadster solle man doch eher nach einem SUV gucken. Am Ende wird es dann womöglich ein gebrauchter Golf. Na ja.

Meilensteine

Kommen wir jetzt zu den Männern über 50 und älter. Die Zeit des Wahnsinns. Meine Damen, sprechen Sie mit ihrer Freundin. Tauschen Sie die Geheimnisse und Erlebnisse aus.

Widmen wir uns zunächst den Männern Marke *kleiner Herrgott*: Seine Frau wird älter, er hingegen jünger. Seine Frau verliert die Fähigkeit Kinder zu bekommen, er aber könnte noch einen ganzen Harem befriedigen. Sie sucht Verständnis und Streicheleinheiten, er das Abenteuer. Sieht er eine junge Dame auf der Straße, kann es sein, dass er gegen eine Mauer rennt, während seine Frau mit den Falten kämpft – die sind nun mal kein Schönheitsideal.

Rosenkavalier

Noch schlimmer, wenn Männer in dieser Altersgruppe wieder ein Rendezvous haben. Hier ist kichern angesagt, meine Damen:

Samstagabend. Treffpunkt im Restaurant *Zum Engel*. Erkennungszeichen: ein Strauß roter Rosen. Er liegt zuvor zwei Stunden in der Wanne, seine Haut braucht anschließend eine halbe Dose Niveacreme, und dann auch noch beim Rasieren geschnitten. Er hat extra neue Unterhosen gekauft (man kann ja nie wissen), aber leider zu klein: der hintere Teil verschwindet im Schritt, ganz zu schweigen von vorne; der Freudenspender macht eine Phase der Platzangst durch und findet sich dann seitlich wieder. Aber egal, gekauft ist gekauft, also bleibt das Unding an.

Er ist also ganz aufgeregt, fährt los und vergisst die Rosen. Als Ersatz kauft er unterwegs Pralinen, weil es keine Rosen mehr gibt. Es ist eine Bekanntschaft aus dem Internet, mit Foto, sie ist ziemlich jung und hübsch. Er wird sie schon erkennen, denkt er.

Im Restaurant suchte er sie dann, aber da ist nur eine ältere Dame um die 60. Das kann sie ja wohl nicht sein, denkt er – bis die Dame aufsteht und ihn rundheraus fragt: »Haben Sie hier heute eine Verabredung? Ich bin mir nicht sicher, ob sie es sind, auf dem Foto sahen Sie viel jünger aus und Rosen haben Sie auch keine dabei.« Er schüttelt nur entsetzt den Kopf, lässt die Pralinen fallen, nimmt draußen noch schnell seine Herztropfen und entschwindet. Der Abend war gelaufen. »Auf Frauen kann man sich nicht verlassen«, stellt er fest.

Bedeutsames

Hinzu kommt gerade in dieser Altersklasse der Wunsch, noch sexuell aktiv zu sein. Hier beginnt das wahre Leiden der Männer. Es gibt viele Mittel, mal mehr, mal weniger günstig oder gar seriös. Man sucht im Internet und findet die für die eigenen Möglichkeiten passenden Potenzpillen. – Schon bestellt.

Gut, es gibt je nach Investitionsbereitschaft auch Nebenwirkungen, zum Beispiel einen roten Kopf, Störungen beim Sehen, Schwindelanfälle und dergleichen, aber Mann nimmt es in Kauf.

Die Lust ist stärker, jetzt passiert es. Und – das ist wirklich nicht zu glauben … schon passiert: Die falschen Pillen genommen: die Rheumapillen seiner Frau. Sehen sich einfach zu ähnlich. Und sie hat seine erwischt. Zu Blöd. Beide sind guter Hoffnung, dass es heute mal wieder klappt, und liegen erwartungsvoll nebeneinander. Er sagt aufgeregt: »Gerda, ich fange an zu schwitzen, ich habe eine Wärme in meinem Körper … ich glaube, es wirkt schon.« Und seine Frau hat plötzlich einen roten Kopf, Brechreiz, Schwindelgefühle und ein ziehen im Becken. Er fängt an zu glühen, aber untenrum ist immer noch tote Hose.

Vielleicht bemerkt er die Verwechslung und nimmt das nächste Mal die richtigen Tabletten. Dann muss seine Frau auch nicht kotzen gehen, sondern er. Na toll. Dann ist es Zeit für Geständnisse: »Ich muss dir was sagen, meine Liebe. Den ganzen Sex brauche ich nicht mehr. Jetzt merke ich erst, was du mir bedeutest, Schatz. Kannst du mir bitte eine Flasche Bier aus dem Kühlschrank holen?«

Je oller, je doller

Es gibt solche Fälle: Mit 80 Jahren konsultiert er einen Urologen und erkundigt sich nach den Erfahrungswerten bezüglich des ehelichen Verkehrs in seinem Alter.

Es soll Männer geben, die sich hier beschweren. »Ich kann noch zweimal die Woche, aber meine Frau schafft das nicht mehr.«

Hier können auch Urologen einen roten Kopf bekommen: »Das ist doch in diesem Alter bei einer Frau normal.«

»Herr Doktor, das stimmt normalerweise, aber meine Frau ist ja erst Anfang dreißig.«

Werturteil

Es gibt Männer, die eine Art Bewertungsliste im Kopf haben: Blonde Haare: dumm und geil. Rote Haare: scharf und wild. Schwarze Haare: feurig und gefährlich. Mit solchen Bildern im Kopf geht der Mann dann auf die Jagd und wundert sich, dass er keinen Erfolg hat, sondern sogar ausgelacht wird.

Aber die Zeiten haben sich geändert und so sieht so manch derart beschränkter Mann mitunter nur den Stinkefinger der Objekte seiner Begierden.

Täuschung

Aber junge Frauen erliegen oft auch einer Täuschung. Für junge Männer ist das Wort *Liebe* Frauenkram, Schnulze, Sülze. Für sie zählen andere Dinge.

Früher wurde man als junger Mann erst ihren Eltern vorgestellt, heute kennt man nur den Vornamen. »Ich habe Gummis dabei« ist fast schon eine komplette Anmache. Manchmal kriegt man aber auch genauso einen knappen Satz zurück: »Brauch ich nicht, hab eigene« oder: »Wenn die in deine Tasche passen, bin ich nicht interessiert.«

Gott sei Dank sind nicht alle Männer so, aber in diesem Alter liegt das männliche Gehirn mitunter noch im Tiefschlaf.

Nicht ohne Stützkorsett

Man kann Männer nicht alle über einen Kamm scheren. Hier die Jugend und da die besondere Gattung der Gestörten: Männer um die 60, gar 70, die noch einmal Vater werden. Junge Frauen schenken den Altvorderen schon mal verspätete Vaterfreuden, aber nach der Entbindung ist der Spaß ja nicht vorbei. Erst heißt es: »Ich bin so glücklich, dieses Kind ist meine Erfüllung. Ein Jungbrunnen.« Die glücklichen Alt-Väter tragen ihren kleinen Sohn auf der Schulter herum, bis die Frau ruft: »Sei vorsichtig. Du hast kein Stützkorsett an.« Nicht schön. »Dann nimm du ihn, ich will jetzt nicht mehr.« Erinnern Sie Ihren Mann nie an sein Alter, werte Damen, das ist ein wunder Punkt bei Männern.

Traumwelten

Die Kunst den Mann zu verstehen besteht auch darin zu wissen, dass er in manchen Dingen in seiner eigenen Welt lebt. Das kann bedeuten, dass er in seinem Kopf sein Leben lang an seine erste große Jugendliebe denkt, den ersten Kuss, den ersten Griff an den Busen oder an die Ohrfeige, als er zu aufdringlich wurde. Er sucht nach alten Fotos mit der Abbildung seines ersten Autos, dem ersten Urlaub in Italien … Hier braucht er auch keine

Anmerkungen seiner Frau. Ich rate Ihnen: Lassen Sie ihm diese Erinnerungen. Es ist eine Eigenart der Männer, ab einem gewissen Alter zurückzuschauen und nicht nach vorne. Angst vor der Zukunft ist auch eine Einstellung.

Sie sollten lieber versuchen, Eigeninitiative zu entwickeln. Laden Sie ihn an einem Sonntag zu einem Restaurantbesuch ein: »Schatz, du bist es mir wert.« Meine Damen, das zeigt Wirkung. Machen Sie sich hübsch für ihn. Brauchen sie an diesem Tag ruhig eine Stunde länger im Bad. Ich sage Ihnen: Es wird ein schöner Tag.

Verlangen Sie nicht immer die Einladung von ihrem Mann. Sie sind als Frau im Vorteil, das sollten Sie wissen, denn Männer sind für solche Anerkennungen dankbar und merken es sich.

Was lange währt

Jetzt mal zu einem ernsten Thema, bei dem viele Frauen viele Fehler machen. Wenn Sie die Kunst den Mann zu verstehen ernst nehmen, dann beachten Sie folgenden Hinweis zu Männerfreundschaften, denn die kann auch in einer guten Beziehung ein Problem sein.

Normalerweise pflegen Männer diese Freundschaften. Viele davon dauern schon über 20 oder mehr

Jahre. Manche kennen sich schon aus Schulzeiten. Freundschaften unter Männern können ein Ventil sein. Man kann sich aussprechen, ohne Schwierigkeiten fürchten zu müssen: über Ehe, Kindererziehung, Witze und mögliche Seitensprünge. Manche Männer stellen diese Freundschaften über ihre Ehe. Das kann für Frauen ein Risiko sein. – Lassen Sie ihm diesen Spielraum, eine Spielwiese für seine Gefühle.

Ich glaube, Frauen können sich kaum oder nur sehr schwer in diese Welt versetzen, daher ist hier Vorsicht geboten. Ein Beispiel: Der langjährige Freund kommt Ihren Mann besuchen. Nach einer gewissen Zeit geht der Freund wieder. Sagen Sie jetzt auf keinen Fall: »Ich mag deinen Freund nicht. Der ist ein Idiot.« Das kann tödlich sein für ihre Beziehung. Das nächste Treffen findet dann in einer Kneipe statt, beide stellen fest, dass ihre Frauen beide so sind, dann finden sie Frauen doof und Bier prima und schon ist ihre Beziehung erledigt.

Frauen tun sich mit den Männerfreundschaften oft schwer. Er geht mit seinen Freunden zu den Fußballspielen seines Vereines, bindet sich einen Schal mit dem Wappen des Vereins um, freut sich, wenn seine Mannschaft Tabellenführer wird oder so was ... Gönnen Sie ihm den Spaß. Verzichten Sie auf Hinweise wie: »Trink nicht wieder so viel, iss

keine dieser fetten Bratwürste und benimm dich.«
Wollen Sie zu Hause einen zufriedenen Mann?
Dann fragen Sie ihn, wenn er nach Hause kommt,
wie das Spiel ausgegangen ist, falls er gute Laune
hat. Hat er schlechte Laune, dann hat seine Mannschaft verloren und sie lassen ihn in seiner Trauer
besser alleine.

Aber bitte mit Sahne

Aber, meine lieben Damen, es sind auch Frauen-
treffen bekannt, meist schon Ehe-erfahrener 40- bis
60-Järiger. Da gibt es in vielen Fällen auch keine
Zurückhaltung, das können Sie nicht abstreiten. Es
gibt oft genug auch keine anständigen Bemerkun-
gen, wie dieses kolportierte Beispiel belegt:
Sagt eine Frau: »Mein Schatz ist ein Engel.«
Sagt die Freundin: »Hast du ein Glück, meiner lebt
noch.«
Oder noch schlimmer:
Der Mann sagt: »Schatz, wenn ich sterbe, wirst du
dann wieder heiraten?«
Seine Frau: »Nein, ich gehe zu meiner Schwester.«
Darauf er: »Nein, ich gehe zu deiner Schwester.«

Was man nicht über Männer sagen sollte

Eine kleine graue Zelle kommt in das Gehirn eines Mannes. Alles ist leer und dunkel. Kommt eine andere graue Zelle und sagt: »Was machst du hier? Kommt doch mit, wir sind alle unten …«

Meine Damen, so was würden Männer über Frauen nie sagen. Vielleicht denken, aber nicht offen sagen.

Kennen Sie eigentlich die *Penner-Stellung*? Sie baut eine Brücke, er legt sich drunter und schläft ein.

So sind die Männer. Aber: Nur denken, nicht sagen!

Kranklachen

Das Leben sollte lustig sein, darum wollen wir nun das Thema Männer und ihre Krankheiten betrachten:

Mann, zum Beispiel, war wie jeden Morgen joggen. An diesem Tag gab es einen unerwarteten Wolkenbruch und er kam klatschnass nach Hause. Er duschte heiß und zog sich um, alles schien in Ordnung.

Gegen Abend musste er beim Fernsehen vier-, fünfmal husten und verzog das Gesicht: »Ich glaube ich habe mich erkältet.« Er spürte auch plötzlich eine gewisse Wärme aufsteigen. »Schatz, mir wird warm. Ich glaube, ich habe Fieber. Heute Abend gibt es keinen Sport im Fernsehen, ich lege mich lieber ins Bett. Du kannst mir was Heißes machen. Tee mit Rum am besten.«

Sie wollte die Gelegenheit nutzen und eine Liebesschnulze gucken, also brachte sie ihm schnell den Tee und setzte sich vor die Glotze.

Er rief nach nicht mal zehn Minuten: »Mein Tee ist alle!«

Sie brachte Nachschub und eilte zurück zum Fernseher.

Plötzlich ein lauter Schrei: Er hatte sich die Zunge verbrannt. «Was machst du den Tee so heiß?«

Inzwischen lief schon die erste Liebesszene, das erste Glas Sekt war geleert. Sie blieb sitzen.

Schon kam wieder ein Ruf. »Ich habe Durst. Bitte noch eine Tasse.«

Der Frau wurde es jetzt zu bunt. Sie goss ihm etwas Tee in eine große Tasse mit Rum. Sie wusste, dass ihr Mann nicht viel vertrug.

Der nächste Ruf war sehr undeutlich. Es klang nach gelallter Todesangst: »Wo bist du? Mir ist schlecht. Ich habe bestimmt vierzig Grad Fieber. Mein Kopf platzt.«

Sie eilte ins Schlafzimmer. Er lag auf der Decke und hatte seinen Schlafanzug ausgezogen, lag nackt da. Diesen Anblick musste seine Frau jetzt auch noch ertragen. Schön war das nicht mehr in seinem Alter. Sie streichelte ihm aber dennoch über die Stirn und hielt ihm die Hand. Schon schlief er ein, wurde zugedeckt und konnte friedlich vor sich hin schnarchen, bis das Fernsehpärchen endlich im siebten Himmel schwebte.

Das ist die wahre Kunst, den Mann zu verstehen. Diese Bilderbuchgattin hat mit ihrem Verhalten gezeigt, dass sie es verstanden hat. War ja auch gar nicht so schwer: etwas Rum und einmal streicheln. Nun ja, man kann es etwas dramatischer schildern und dann von *Aufopferung* sprechen, klingt natürlich besser.

Veränderungen

Ernster ist das Thema, wenn ihr Mann nach Hause kommt und sich verändert hat. Sie merken das gleich, am besten haken Sie sofort nach: »Was hat der Arzt gesagt?« Dramatisches Schweigen. Dann, mit Grabesstimme: »Ich muss nächste Woche ins Krankenhaus. Du weist, meine Prostata muss kontrolliert werden. Vielleicht operiert.«

Jetzt, meine Damen, zeigen Sie, dass Sie das stärkere Geschlecht sind. Lassen Sie ihn nicht allein. Für Männer ist das eine wirkliche Katastrophe, denn die Operation könnte Folgen haben, vielleicht muss er danach eine Windel tragen oder ist impotent. Für Männer ist allein der Gedanke ein Albtraum.

Bestehen Sie darauf, ihn ins Krankenhaus zu begleiten. Er wird es ablehnen, aber er lügt. Bleiben Sie stark, meine Damen, er wird es Ihnen danken.

Eifersucht

Lassen Sie uns noch ein Thema ansprechen. Man kann es *lustig* nennen, aber das ist es nicht: Eifersucht bei Männern.

Hier werden Männer schnell zu Feinden, da können sogar Männerfreundschaften zerbrechen. Es gibt genug Gründe. Nur ... was ist eigentlich *Eifersucht*? Minderwertigkeits- oder Schuldgefühle? Ist es die Angst, einen geliebten Menschen zu verlieren? Männer haben Angst, dass ihre Partnerin sie nicht mehr liebt oder verlassen will – das Schlimmste für einen Mann. Lebensgefährlich. Aufgrund dieser Angst haben Männer schnell das Gefühl hintergangen zu werden.

Diese Angst kann sehr ausgeprägt sein, Männer denken dann nicht mehr richtig, handeln spontan, machen Fehler. Und, sehr unangenehm: Sie verlangen immer neue Liebesbeweise oder Beteuerungen der Liebe. Dies kann aber genau dazu führen, dass die Frau vor der Nerverei wirklich flüchtet.

Es kann auch das Gefühl sein, dass man nicht mehr interessant, nicht mehr liebenswert ist. Es folgen Verdächtigungen, Kontrollen, Mails werden gelesen, SMS überprüft, nur um die Unsicherheit zu beseitigen..

Ein weiterer Grund könnte sein, dass andere Menschen dem eigenen Partner mehr Aufmerksamkeit schenken und einen dabei übertrumpfen, zum Beispiel, wenn sich die Frau bei einer Veranstaltung mit anderen besser unterhält. Meine Damen, hier ist Vorsicht angebracht, in solchen Situationen bloß keinen Knopf zu viel an der Bluse öffnen, das könnte der Gatte in den falschen Hals bekommen. Achten Sie auch darauf, dass Ihnen beim Sitzen keiner unter den Rock gucken kann, denn manche Männer vergessen dabei ihre gute Erziehung, ihre Frauen neben sich ebenso. Das ist bei Männern angeboren. Das führt dann schnell zu Streit, denn Ihr Mann betrachtet Sie schließlich als seinen Besitz und den will er verteidigen. Bei so was können, wie gesagt, auch langjährige Freundschaften zerbrechen. Dabei kann es sogar zu Gewalt kommen. Mord und Totschlag drohen. Und es ist hier nicht der Rivale, der den Tod fürchten muss, sondern die Frau: Sie hat ihn als Versager hingestellt und er kann den Gedanken nicht ertragen, dass sie nachts in den Armen des Rivalen liegt.

Nun, so weit muss es ja nicht kommen. Sie können das mit ihrem Verhalten ihrem Mann gegenüber verhindern. Meine Damen: Sie spielen im Umgang mit Männern mitunter mit ihrem Leben. Das sollte Ihnen sehr bewusst sein.

Sollten Sie sich mal verletzt fühlen, persönlich von ihrem Partner angegriffen sein, so behalten Sie die Ruhe und handeln Sie nicht unüberlegt. Männer sind in den meisten Fällen sehr impulsiv und schnell persönlich verletzt. Denken Sie an die Worte des weisen Mannes Mahatma Gandhi: *»Niemand kann mich ohne meine Erlaubnis verletzen.«* Sollte man sich merken.

Hobbys

Was das betrifft, bekommen manche Frauen zu Hause Platzangst.

Gerdas Mann war bei der Eisenbahn beschäftigt. Sein ganzes Leben lang war dies sein Traumberuf. Und mit 65 Jahren konnte er es immer noch nicht lassen. Das frühere Kinderzimmer wurde ausgeräumt, die Möbel entsorgt. Seine Frau weinte: »Wie kannst du das Zimmer unseres Sohnes entehren.« Der war zwischenzeitlich allerdings 38 Jahre alt und längst ausgezogen..

Nun, Otto hatte jetzt Platz für seine Eisenbahn. Endlich. Er hatte sie über einen längeren Zeitraum zusammengekauft. Da passte alles bis ins letzte Detail. Ganze Nächte verbrachte er damit. Seine Frau schlief fast nur noch alleine.

Otto setzte sich eine Mütze auf den kahlen Kopf, mit einer lauten Trillerpfeife gab er die Fahrt frei und – lächelte. Das war sein Leben.

Dann kam der Sohn zu Besuch, starrt in sein ehemaliges Zimmer: »Vater, ich hatte noch zwei Bilder an der Wand von Peter Kraus Wo sind die hin?«

»Ich dachte, dafür bist du jetzt zu alt.«

Der Sohn war sauer und verließ wortlos das Haus.

Jetzt wird es lustig

Hubert war 70 geworden. Zu seinem Geburtstag hatte er sich ein Rennrad gekauft. Sein altes Rad hat schon seit 30 Jahren seinen Platz im Keller. Huberts Freund Helmut, auch schon 74, war ein begeisterter Radfahrer. Immer korrekt. Nur mit Helm. Hubert hatte sich nun also auch eine komplette Ausrüstung gekauft – man musste ja im Verkehr auffallen. Die Kleidung war bunt und in grellen Farben. Der neue Helm strahlte in den Farben Neongelb, Neonrot und Neongrün.

Seine Frau dachte zuerst, sie hätte was an den Augen: »Hubert, was soll der Unsinn? In deinem Alter. Du wirst noch stürzen.«

Hubert rief Helmut an. »Du kannst kommen, ich bin soweit.«

Nach 15 Minuten kam Helmut angeradelt. Auch er war auffällig gekleidet, aber trotzdem noch dezent.

Zunächst hatte Hubert aber Schwierigkeiten auf den Sattel kommen, der war zu hoch. Außerdem kam er von da oben mit den Beinen nicht an die Pedale. Helmut konnte ihm mit seinen Erfahrungen aber helfen, das Ding niedriger einzustellen.

Dann kam Huberts Frau noch mal mit einem reizenden Hinweis an: »Hubert, du hast deine Stützstrümpfe vergessen.«

»Die brauche ich jetzt nicht. Das geht schon«, knurrt der nun gereizte Gatte und tritt in die Pedale. Es ist aber eine Kunst, gleichzeitig zu treten und das Gleichgewicht halten. Mühsam. Nicht schön anzusehen. Aber dann waren die ersten 100 Meter geschafft. Hubert spürte schon ein Ziehen im rechten Bein.

Eine Gruppe Kinder auf der anderen Seite der Straße rief: »Mach mal lieber Stützräder dran!«

»Unverschämt!« Er drohte mit der Faust.

Doch einhändig fahren will gelernt sein. Er schlackerte, er schlenkerte, er rammte den Bordstein.

Helmut drehte sich um und sah das Unheil. Er eilte seinem Freund zu Hilfe. Dieser lag auf der Straße, schlimm verwoben mit seinem Rad.

Helmut half ihm auf. Die beiden Knie hatten Schürfwunden, Hubert blutete, hatte Schmerzen.

»Scheiße, so ein Mist. Die blöden Bordsteine. Die sind viel zu hoch. Ich werde der Stadt einen Brief schreiben.«

Ja, das hört auch mit 70 nicht auf: Es ist immer jemand anders schuld.

Mit großer Mühe brachte Helmut seinen Freund zurück und schob beide Fahrräder, das eine sehr beschädigt.

Zu Haus gab es dann großes Geschrei: »Das hast du nun davon. Du hast wieder nicht gehört, eigentlich wie immer.«

Helmut wünschte noch eilig gute Besserung und war auch sogleich verschwunden.

»Du legst dich jetzt ins Bett. Wasch deine Wunden aus. Ich hole dir deinen Stützstrumpf und einen kalten Umschlag für den Kopf.«

Männer sollten auf ihr Frauen hören. Sie haben recht, meine Damen, immer. Glückwunsch.

Fassen wir zusammen

Die Kunst den Mann zu verstehen, bedeutet: Lassen Sie ihm seine Erinnerung an die Jugend, es hilft ihm zu verstehen, dass er jetzt älter wird. Er muss lernen, das Altwerden anzunehmen. Das Alter ist für ihn eine große Belastung. Den Verlust seiner Männlichkeit will er verdrängen, vermeiden Sie daher den Satz: »Du wirst alt.«

Geben Sie ihm das Gefühl, die Beziehung zu führen. Nehmen Sie an seinen Interessen teil Zeigen Sie ihm, dass er für Sie der Einzige ist Geben Sie ihm keinen Anlass eifersüchtig zu sein, er fühlt sich verletzt und getroffen als Mann. Und freuen Sie sich, dass Sie den Schlüssel in der Hand haben ihn zu führen, ohne dass er es merkt.

Dann beherrschen Sie sie – die Kunst, den Mann zu verstehen. Ich gratuliere Ihnen.

Durchschnitt

Der Durchschnittsmann heißt in Deutschland Thomas oder Michael, ist 178 cm groß, dunkelblond, wiegt 82,4 kg und hat Schuhgröße 44.

Im Schnitt heiratet der typische deutsche Mann mit 33,6 Jahren, darf sich mit 35 Jahren über den ersten Nachwuchs freuen und muss ab 44,5 Jahren Unterhalt zahlen.

Der Durchschnittspenis ist im erigierten Zustand 13,12 cm lang, der deutsche Durchschnittspenis ist minimal kürzer. Der Durchschnittsmann benötigt vier Minuten bis zum Orgasmus. Daraus kann man schließen, dass Frauen sehr schnell einschlafen, denn jedem 20. Mann ist beim Sex schon mal eine Frau eingeschlafen.

Hellwach

Haben Sie sich nicht schon gefragt, werte Damen, warum Männer in ein Bordell gehen? Auch glücklich verheiratete Männer mit einer schönen und attraktiven Frau zu Hause? Was sind die möglichen Gründe des Gatten, seine Lust oder Geilheit außerhalb zu befriedigen? Die Ehefrau fragt sich: »Was haben diese Weiber, was ich nicht habe? Wir führen doch eine gute Ehe. Er bekommt doch alles von mir.« – Das ist der große Irrtum, meine Damen. Er hat eben nicht alles.

Er sucht jemanden, der seine sexuellen Wünsche erfüllt, auch wenn es gegen Bezahlung ist. Vielleicht sucht er neue Stellungen oder andere Praktiken oder schlicht Abwechslung? Daheim ist auch die Liebe zu seiner Frau eingefahren. Sicher, er liebt seine Frau. Er hat Sie geheiratet »bis das der Tod uns scheidet.« Man kann aber auch seine Meinung ändern. Mann ist vielleicht enttäuscht, hatte sich vieles anders vorgestellt.

Er geht ja im Bordell auch nicht zu einer älteren Dame. Möglichst jung sollte sie viel mehr sein, so wie seine Frau, als er geheiratet hat. Und wach.

Wer kann ihn bremsen? Wer kann Ihn überzeugen, dass er einen Fehler macht, seine Ehe zerstört?

Es liegt in der Natur des Mannes, dass er immer auf der Jagd ist. Schon in Urzeiten war er der Jaeger, die Frau zu Hause – wird zumindest ab und an noch immer so behauptet. Sie versorgte jedenfalls jahrhundertelang die Kinder. Ehen von über 50 Jahren Dauer oder mehr rufen heutzutage eher Erstaunen und Kopfschütteln hervor, doch es ist immer noch möglich, meine Damen. Das Geheimnis? Offenheit und reden, reden, reden.

Frauen haben ein besonders Gespür. Nutzen Sie es. Nehmen Sie die Sache in die Hand. Man kann sagen: Greifen Sie an. Versuchen Sie, Ihre Beziehung zu retten.

Haben Sie erfahren, dass er in ein Bordell geht, und zwar schon länger, müssen Sie ihn bei einer passenden Gelegenheit ansprechen, vielleicht am besten abends bei einem Glas Wein. Und Sie müssen sich beherrschen, sonst redet er nicht darüber. Also beherrschen Sie sich und fragen Sie: »Warum? Was sind deine Gründe. Unsere Ehe geht kaputt. Willst du das?« Wenn Sie ihn ruhig fragen, ohne zu schimpfen, wird er versuchen, eine Antwort zu geben. Vielleicht fängt er auch an zu weinen, das wäre sogar verständlich. Vielleicht sucht er Ausreden. Vielleicht gesteht er: »Schatz, bei uns ist alles eingefahren. Ich würde im Bett gern wieder wild sein, nicht immer dasselbe. Du weißt schon, was ich meine …«

Das ist der Schlüssel. Nein, Sie sind der Schlüssel. Sie haben es in der Hand für klare Verhältnisse zu sorgen. Sie sind es sich einfach schuldig. In der Ehe sollte es keine Tabus geben.

Wenn Sie die Kunst den Mann zu verstehen beherrschen, dann können Sie ihm die einfache Antwort geben: »Schatz, warum hast du nichts gesagt? Lass uns darüber reden.«

Ergebnis: Erleichterung, Begeisterung und die womöglich schönste Nacht seit Jahren.

Meine Damen: So kann die Liebe sein, wenn Sie die Kunst … Sie wissen schon …

Frauenfreundschaft

Haben Sie eine beste Freundin? Ja? Das kann sehr schön sein und Freude bereiten. Man hat einen Gesprächspartner etc.

Aber Vorsicht, meine Damen, das birgt auch große Gefahren. Sicherlich nicht immer, aber …

Erzählen Sie alles Ihrer Freundin? Tratschen Sie über Ihre Ehe oder noch schlimmer: über Ihren Mann? Vorsicht, das ist sehr leichtsinnig. Freundinnen können wie Spinnen sein: Sie spinnen ein Netz, warten auf die passende Gelegenheit und schon ist ihre Ehe kaputt. Ja, das kann passieren. Gerade in den mittleren Jahren besteht die Gefahr.

Ein Beispiel: Inge ist verheiratet und hat einen attraktiven Mann, Fred, ein ziemlicher Feger. Ihre gute Freundin Monika ist schon wieder geschieden, Gott sei Dank kinderlos. Sie kommt oft zu Inge. Monika ist wieder auf Männerfang, das sieht man ihr auch an. Bei Inge könnte man hingegen glauben, Sie sei im Kirchenchor, bieder aber ein nettes Wesen. Monika hingegen ist eine scharfe Nummer, ihre Kleidung gefährlich für einen Mann.

Fred ist ein begeisterter Motorradfahrer, seine Maschine sein ganzer Stolz. Inge hatte es immer abgelehnt mit Fred zu fahren. Und jetzt stellt sich heraus: Monika steht auf Formel 1. Fred und Monika treffen sich an einem Sonntag, es ist herrliches Wetter. Sie machen einen Motorradausflug. Gegen Abend kommen Sie zurück, tauschen verliebte Blicke und Küsse …

Inge war bald darauf geschieden, Monika hingegen schwanger.

Das ist aber nicht die Schuld der Männer. Fred wurde verführt und von Inge nicht verstanden. Er wurde von Monika gefühlsmäßig vergewaltigt, könnte man sagen.
Sind Frauen wirklich so vertrauensselig? Überprüfen Sie mal ihre Freundschaften.

Der Weisheit letzter Schluss

Zum Schluss, meine Damen, erfahren Sie, was Männer an Frauen nicht lieben, ganz offen und ganz ehrlich. Es soll Ihnen ebenfalls dabei helfen, Männer besser zu verstehen.

- Rauchen auf der Straße
- öffentliches Tadeln
- hysterisches und herrisches Lachen
- Belehrungen im Straßenverkehr
- Männerfreundschaften verbieten
- seine Hobbys lächerlich machen
- Strumpfhosen

Kommentar der Frauen: »Und trotzdem lieben wir die Männer mit all ihren Schwächen.«
Antwort der Männer: »Danke für das Verständnis.«

Götz Lang, Jahrgang 1939, lebt seit 35 Jahren freischaffend auf Mallorca, u. a. als Autor und Mitherausgeber einer deutschsprachigen Zeitung.

Zeitfracht Medien GmbH
Ferdinand-Jühlke-Straße 7
99095 Erfurt, Deutschland
produktsicherheit@kolibri360.de